dick bruna

D1174021

nijntje
is stout

mercis publishing - amsterdam

op een dag vroeg moeder pluis

nijn ga je met me mee

ik ga wat koekjes kopen

koekjes voor bij de thee

nijntje ging mee want winkelen

vond zij gezellig hoor

en samen gingen zij op weg

ze liepen stevig door

de koekjeswinkel was niet ver

ze waren er al gauw

en keken samen door het raam

wat moeder kopen zou

terwijl moeder de koekjes kocht

keek nijntje wat in 't rond

totdat zij ergens in een hoek

een schaal met toffees vond

wat zagen die er lekker uit

van alle kleuren wat

en nijntje dacht zo bij zichzelf

ik wou dat ik die had

en toen deed nijn iets heel heel ergs

ze heeft er vier gepakt

en stopte die toen niemand keek

heel stiekem in haar zak…

die nacht in bed sliep nijntje niet

en jij snapt wel waarom

ze dacht maar steeds: ik heb gepikt

en dat is stout en dom

de dag daarop dacht moeder pluis

wat zou er met haar zijn

ze is zo anders en zo stil

wat is er met je nijn?

ik heb gepikt, zei nijntje zacht

'k heb toffees weggepakt

toen jij die boterkoekjes kocht

ze zitten in mijn zak

o nijn wat erg, zei moeder pluis

kom mee dan gaan we vlug

weer samen naar de winkel toe

en brengen we ze terug

tja dat vond nijntje niet zo leuk

en ook wel jammer hoor

maar ja het was haar eigen schuld

nijn schaamde zich ervoor

en in de winkel legde nijn

de toffees maar weer neer

toen zij dat had gedaan zei zij

zoiets doe ik nóóit meer

DICK BRUNA KINDERBOEKEN

119 nijntje is stout, 2009, 3rd ed.
ISBN 978 90 5647 189 7
NUR 270, SBO 7
Illustrations Dick Bruna © copyright Mercis bv, 2008
Text © copyright Dick Bruna 2008
Exclusively arranged, produced and distributed by
Mercis Publishing bv, Amsterdam
Printed by Sachsendruck Plauen GmbH, Germany
All Rights Reserved